DÉLASSEMENTS

PETITES POÉSIES

PAR L'AUTEUR DE

QUELQUES VÉRITÉS

Les larmes soulagent.
HOMÈRE.

La charité console.
S. J.-CHRISOSTÔME.

VENDU AU PROFIT DE L'ŒUVRE

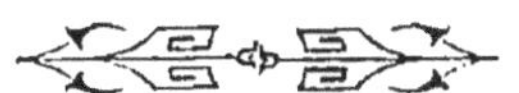

PARIS

IMPRIMERIE CHARLES UNSINGER

83, RUE DU BAC, 83

1891

DÉLASSEMENTS

DÉLASSEMENTS

PETITES POÉSIES

PAR L'AUTEUR DE

QUELQUES VÉRITÉS

Les larmes soulagent.
HOMÈRE.

La charité console.
S. J.-CHRISOSTÔME.

PARIS

IMPRIMERIE CHARLES UNSINGER
83, RUE DU BAC, 83

—

1891

DÉLASSEMENTS

MATERNITÉ

> Elle vit dans son fils, et non plus dans soi-même.
>
> LE GOUVÉ.

O vous! à qui le ciel a donné d'être mère,
Connaissez de ce nom l'ineffable douceur!!
Fuyez des faux plaisirs le bonheur éphémère,
Et qu'être mère soit votre unique bonheur!!

Auprès de ce berceau qu'on vous voie à toute heure!
Ne vous en séparez, ni la nuit, ni le jour;
Auprès de ce berceau fixez votre demeure!
Avec un soin jaloux prodiguez votre amour.

Du petit chérubin dont vous êtes la mère,
Que nulle autre que vous ne cueille la première,
Et son premier sourire et ce nom si charmant
Qu'il va vous bégayer : le doux nom de maman !!

Qu'il ne *sache* que *vous !* qu'il dorme dans vos bras !
A l'abri du danger mettez ses premiers pas !!
Qu'il soit grand par le cœur, grand par l'intelligence,
Cherchant dans la vertu sa seule jouissance.

Au chemin de l'honneur qu'il marche avec fierté,
Défendant le bon droit, vengeant la vérité.
C'est la mère toujours qui forma le grand homme ;
Et quand on l'a nommé, c'est elle que l'on nomme !!

DÉPART DU PETIT ENFANT

Un tout petit enfant, à peine âgé d'un jour,
Soudain avait quitté le terrestre séjour.
Il jouait dans le ciel déjà parmi les anges,
Avec eux bégayant les célestes louanges.

Sur la terre on pleurait... C'était un premier né ;
Et son petit berceau de pleurs était baigné ;
Et Jésus, qui rendit un enfant à sa mère,
Et Jésus fut ému de la douleur amère
Qu'excitait le départ du cher petit enfant.
Il lui sourit, l'appelle et, sur lui se penchant :
Veux-tu, dit-il, veux-tu retourner sur la terre?
Veux-tu que je te rende aux baisers de ta mère?
Veux-tu que je te rende à l'amour paternel???
Non, dit l'enfant, oh ! non, j'aime mieux être au ciel.

Pour le leur envoyer, prenez un de vos anges.
Je veux rester ici pour chanter vos louanges,
Je veux rester ici pour toujours les chérir,
Les protéger, et, quand ils viendront, leur ouvrir!!

VIEUX NOEL BOURGUIGNON

TRADUIT EN FRANÇAIS MODERNE

Lorsque, né dans une cabane,
L'enfant Jésus tremblait de froid,
De leur souffle le bœuf et l'âne,
Cherchaient à réchauffer leur Roi.
Hélas! dans notre pauvre France,
Les bœufs, les ânes d'à présent,
Pleins de morgue, pleins d'arrogance,
Dédaigneraient d'en faire autant!!

On dit que ces deux pauvres bêtes,
Devant l'enfant-Dieu né pour nous,
Humblement baissèrent leurs têtes
Et tombèrent à deux genoux...

Hélas! dans notre pauvre France,
Les bœufs, les ânes d'à présent,
Dans leur orgueilleuse insolence,
Refuseraient d'en faire autant!!

Mais, voici le beau de l'histoire :
Le bœuf et son ami l'ânon
Ne voulurent manger, ni boire,
De toute cette nuit, dit-on.
Hélas! dans notre pauvre France,
Les bœufs, les ânes d'à présent,
Les jours de jeûne, font bombance
Et le carême entièrement!!!

A CYDIPPE CONVERTIE

D'où viennent ces accords qui me ravissent l'âme?
Quel ange vous dicta ces chants délicieux?
Dignes des harpes d'or de l'orchestre des cieux,
Et nés sous les rayons de la divine flamme??

Oui, le charbon ardent, que la sagesse enflamme,
A touché votre lèvre, en votre cœur pieux
Est descendu d'en haut un éclair radieux
Pour vous purifier de toute chose infâme.

O priez et chantez! la croix, la lyre en main,
Vers le saint Golgotha, cherchant votre chemin,
Montez l'étroit sentier ; ne perdez pas haleine.

O ma blanche brebis, orgueil du bon pasteur!
Reconquise à jamais sur le loup ravisseur,
Soyez sainte Cécile et sainte Madeleine.

L'HOMME

L'homme est né criminel d'une coupable mère :
Il n'a que peu de jours à passer sur la terre;
Il connaît, en naissant, les larmes et les pleurs,
Et les douleurs pour lui succèdent aux douleurs.

Il doit, en vieillissant, boire jusqu'à la lie
Une coupe de fiel pour lui toute remplie...
Croyez-moi, cher ami, bienheureux est celui
Que Dieu, dès son berceau, daigne appeler à lui.

J'ai honte toutefois de tenir ce langage :
Job l'a tenu pourtant, et Job était un sage !
Mais le fils du Très-Haut et son Verbe éternel
S'est fait homme pour nous, pour nous s'est fait mortel :

Il a béni les pleurs et béni la souffrance;
Il a voulu pleurer, il a voulu souffrir,
Et, pour nous sur la croix, il a voulu mourir :
La croix est désormais notre unique espérance!

Dans la coupe après toi, Seigneur, il est du miel!
Je me plains... Oh! pardon, pardon, Dieu du Calvaire,
Je me plains... Oui, c'est mal : es-tu donc trop sévère,
Alors que tu me mets sur le chemin du ciel??

LE VIEILLARD

Vous souvient-il, ami, de l'âge de vingt ans ?
C'était alors pour nous le matin de la vie :
C'étaient ses plus beaux jours, et c'était son printemps...
L'été n'est déjà plus, l'automne s'est enfuie.

Et déjà c'est l'hiver : la vieillesse et le temps
A tout nous enlever conspirent à l'envie,
Et je crois chaque jour sentir leurs doigts pesants.
Sur mon triste chemin, toute fleur s'est flétrie...

Mes vingt ans, cependant, n'était-ce pas hier ??
Plus de printemps, et c'est la fin de mon hiver,
Et, tristement assis à mon foyer sans flamme,

Le soir, quand le jour fuit, j'aime à me souvenir ;
Je crois voir les beaux jours d'autrefois revenir :
Un rayon luit encore dans la nuit de mon âme ! ! !

VŒU DU VIEILLARD

J'aime les fleurs et la verdure.
Hélas ! je n'entends plus la voix
Du rossignol et le murmure
De la source à l'ombre des bois.

Je n'entends plus dans le feuillage
Passer la brise du matin ;
Et de la cloche du village
Je n'entends plus le son lointain.

Seigneur, avant l'heure suprême,
Ne pourrai-je encore une fois,
De ceux qu'ici-bas mon cœur aime,
Entendre et distinguer la voix ! !

Je le vois : déjà le jour tombe,
Pour moi bientôt il va mourir.
La nuit est là... déjà la tombe
Pour moi commence à s'entr'ouvrir.

LES SAISONS

De toutes les saisons, cher ami, quelle est celle
Qui vous sourit le plus, vous semble la plus belle ?
Est-ce l'été ? l'été qui mûrit nos labeurs ?
Ou le printemps avec ses guirlandes de fleurs ?

Cette saison, enfin, dites-moi quelle est-elle,
Qu'absente votre cœur de tous ses vœux appelle ?
L'automne, l'aimez-vous ? L'automne a ses douceurs,
L'hiver a ses plaisirs, mais il a ses rigueurs...

Quelle saison, enfin, a votre préférence ?
Ami, dites-le-moi, je voudrais le savoir !
Le printemps en nos cœurs fait naître l'espérance.

2

Mais que souvent, hélas! il trompe notre espoir.
Il nous promet les fruits, nous promet la richesse,
Mais souvent, trop souvent, il ment à sa promesse.

———

L'hiver peut-il avoir le talent de vous plaire?
Dieu l'a fait pour punir les péchés de la terre.
Qui donc pourrait aimer les rhumes et le froid?
Déjà je le redoute; il me remplit d'effroi.

L'automne me plairait; mais c'est la messagère
De l'hiver et de tout son appareil de guerre.
Il va bientôt trôner parmi nous comme un roi,
Un despote, un tyran : son caprice est sa loi...

Enfermez-vous, dit-on, dans une bonne chambre :
Au coin d'un bon foyer, on se rit de Décembre.
Pour vous distraire ayez plus d'un doux compagnon

Euridipe, Virgile et le divin Homère,
Ovide, se plaignant sur la rive étrangère
En vers si doux, des froids du barbare Hellespont.

———

L'hiver est, quoi qu'on dise, une triste saison,
Son nom seul, cher ami, me donne le frisson,
Dans les bois, plus de chants ; le rossignol s'exile,
L'hirondelle ne fend plus l'air d'une aile agile.

Le soleil n'a qu'un pâle et fugitif rayon,
Le ciel n'est plus serein, et sombre est l'horizon.
Adieu ! le riche automne, adieu ! l'été fertile.
L'hiver ne change pas l'aspect qu'offre la ville ;

Mais les champs n'offrent plus qu'un aspect désolé :
Le paysage est nu, morne, tout dépouillé ;
Le ruisseau ne fait plus entendre son murmure,

Ses flots ne coulent plus enchaînés par le froid.
Le printemps reviendra, les fleurs et la verdure
Renaîtront avec lui... Reviendra-t-il pour moi ? ?

—————

Est-ce à nous de juger les ouvrages divins ?
Dieu, dans tout ce qu'il fait, n'est-il pas admirable ?
L'univers tout entier, chef-d'œuvre de ses mains,
Proclame sa puissance et sa gloire ineffable.

O que n'a-t-il pas fait pour nous, pauvres humains !
C'est un père, pour nous, infiniment aimable,
Qui ne laissa jamais ses enfants orphelins.
Quel maternel amour au sien est comparable ?

Il nous donne, en hiver, la flamme du foyer;
En été, l'ombre frais du chêne hospitalier;
Un éternel printemps, ce serait monotone.

Dieu donne, en variant les diverses saisons,
Et les épis dorés et les riches moissons,
Et les fleurs du printemps et les fruits de l'automne.

DERNIERS JOURS D'OCTOBRE

Dans les grands arbres dépouillés
Gémit le sombre vent d'automne.
Sans voix, dans les buissons mouillés,
Le pinson se cache et frissonne.

Adieu ! les jours ensoleillés.
L'âme rêveuse s'abandonne
Aux souvenirs de pleurs mêlés,
Que la chute des feuilles donne ! ! !

Plus de fleurs le long du chemin,
Plus de chants, plus de vert feuillage.
De la vie, hélas ! c'est l'image,

Quand les souvenirs sont lointains,
Quand la vie a perdu ses charmes,
Et n'a plus pour nous que des larmes ! ! !

LE 2 NOVEMBRE

De la fête des morts la Toussaint est suivie :
Des pleurs après la joie, image de la vie,
Où toute joie est courte; après elle, le deuil;
Et tout vient ici-bas se briser au cercueil.

C'est là que nous voyons aboutir toute chose...
Sur l'églantier l'épine a remplacé la rose ;
Les bois ne sont plus verts, le feuillage a jauni,
L'azur même du ciel semble s'être terni...

Les feuilles, sous nos pas, demi-sèches, sans sève,
Tombent et leurs débris ont caché le gazon.
Voilà, voilà le vent d'automne qui s'élève,
Et gémit dans les bois, gémit dans le vallon.

Venez, et de nos pleurs mouillons la froide pierre
Où plus d'un nom aimé nous presse de venir ;
Venez, venez prier... l'heure est à la prière !!
Venez vous rappeler... l'heure est au souvenir !

LE JOUR DES MORTS

Sur vos tombes, hélas ! anciennes et nouvelles,
Chers défunts, aujourd'hui, je viens verser des pleurs,
Mais non y déposer des couronnes de fleurs ;
C'est le tribut qu'on offre aux dépouilles mortelles ;

Les fleurs n'ont-elles pas le même destin qu'elles ?
Que peu dure l'éclat de leurs vives couleurs ! ! !
La prière ! ! ! voilà le vrai lien des cœurs !
C'est le tribut de l'âme aux âmes immortelles.

De ceux que nous pleurons ! ! ! c'est une fleur du ciel,
Qui, naissant dans notre âme, y laisse l'espérance
Et va s'épanouir aux pieds de l'Éternel.

Elle adoucit pour nous les regrets de l'absence :
Au delà de la tombe, elle fait entrevoir
L'aurore du grand jour qui n'aura pas de soir ! ! !

TOUT PASSE

Le soleil s'est voilé, les lilas et les roses
Ont pâli tristement, et les fleurs vont mourir ;
Elles s'en vont, hélas ! où s'en vont toutes choses :
Un jour leur a suffi pour naître et se flétrir.

Le printemps a passé ; déjà, les nids sont vides.
Le rossignol a fui, je n'entends plus ses chants ;
Le bocage le pleure, et ses ailes rapides
L'emportent loin de nous vers un autre printemps.

L'étoile a traversé du ciel la voûte immense.
Je cherche dans l'azur en vain à la revoir,
Mon regard ébloui sur ses traces s'élance ;
Mais à mes yeux elle a disparu sans espoir.

Trop vite, elle a passé ma lointaine jeunesse !
J'ai voulu dans sa fuite en vain la retenir ;
Avec elle emportant ses rêves, son ivresse,
Elle est partie, hélas ! pour ne plus revenir !

Le bonheur a brillé, comme un astre, en ma vie
Semant de fleurs mes pas, égayant mon chemin,
Si vite, il a passé que mon âme ravie
Rêvait encore d'hier, lorsque c'était demain.

Il a passé, l'amour, ce bien qui nous fait vivre,
Cet astre qui réchauffe et fait tout refleurir.
La terre n'a plus rien que je veuille poursuivre :
Si l'amour est éteint, je n'ai plus qu'à mourir.

Ainsi, tout ici-bas disparaît et s'efface ;
Rien ne peut apaiser la soif de notre cœur :
Puis qu'ici donc tout meurt, tout se flétrit, tout passe,
O ciel ! ce n'est que toi qui gardes le bonheur ! ! !

DÉSILLUSION

Fantôme, qu'on poursuit sans relâche et sans trêve
Et dans un avenir nuageux, incertain,
Vague de l'Océan, mystérieux destin,
Qui se brise et bientôt meurt en touchant la grêve.

Demain, toujours demain, mensonge et vague rêve
Que bientôt, que trop tôt dissipe le matin;
Ou bulle de savon qui presque en naissant crève,
Ou feu follet qui brille et tout à coup s'éteint.

L'infortuné mortel, en proie à la souffrance,
Ne cesse de fonder sur toi seul l'espérance,
Dont le prisme enchanteur le charme et le séduit.

Minuit sonne, minuit : et soudain tout s'effondre.
En un rapide instant, le temps vient de confondre
Et demain qui commence, et la fin d'aujourd'hui.

VANITE

Sur le coteau, debout près d’une roche nue,
Je parcourais les points de l’immense étendue.
L’obscurité déjà régnait dans le vallon ;
Et dans les airs soufflait l’orageux aquilon :
Ainsi que des esquifs, poussés par la tempête,
Les nuages passaient rapides sur ma tête...
Lorsque soudain je vis voltiger dans les airs
Mille petits débris, mille lambeaux divers
De pages qu’on aurait sans pitié déchirées,
Et qu’une main cruelle aux vents aurait livrées...
L’aquilon murmurait : vois, j’emporte tes vers ;
Ils sont à moi : ta muse est ridée et vieillotte
Qu’elle aille à Charenton... on dit qu’elle radote !!!

UNE CHUTE

Que dites-vous, docteur, de ma mésaventure ?
Parlez-moi franchement, que faut-il en conclure ?
Moi, j'en conclus qu'il faut à toute heure être prêt.
Dieu même nous l'ordonne, il a dit qu'il viendrait,

Comme vient un voleur, pendant la nuit obscure.
L'instant nous est caché, mais sa parole est sûre :
Nul ne peut éviter l'irrévocable arrêt
Fut-il roi, potentat, berger, pâtre, valet.

Je ne puis que redire en style prosaïque
Ce qu'Horace proclame en langue poétique;
Il ouvre à ses héros les Champs Élyséens,

Quand ils ont vu du Styx l'affreuse et noire rive.
Mais, pour nous, quelle haute et douce perspective
S'offre, quand nous mourons, à nos regards chrétiens.

SOUVENIR

Aux choses d'autrefois, j'aime à rendre la vie,
A poursuivre une longue et douce rêverie.
Il est un nom qui plus que tous les autres noms
Évoque dans mon cœur une douce vision.

Le ciel dans son amour lui prodigua ses dons,
Mais elle fut ce qu'est une fleur éphémère :
Dieu voulut seulement la montrer à la terre.
Je la revois toujours, toujours j'entends sa voix,
Et je crois être encore aux beaux jours d'autrefois,
Et je vois près de moi son image chérie.
Comme une fleur divine, elle embauma ma vie
Comme une douce étoile, elle éclaira mon ciel ;
Maintenant, c'est la nuit jusqu'au jour éternel ! ! !

Je garde dans le cœur plus d'un doux souvenir :
Je vis dans le passé, plus que dans l'avenir.
Le souvenir, présent céleste,
Ombre des biens qui ne sont plus,
Est encore un bonheur qui reste
Après tous ceux qu'on a perdus ! ! !

MA SŒUR

Comme un lis sur les eaux et que le vent incline,
Son front limpide et pur, penche sur sa poitrine,
Ses longs cils, que la mort n'a fermés qu'à demi,
Retombent en repos sur son œil endormi,
Semblent comme autrefois, sous leur ombre abaissée,
Voiler un saint désir, une sainte pensée.

Son âme vers les cieux vient de prendre l'essor ;
Et son dernier soupir sur sa lèvre erre encor ;
Ses traits, où la douleur a perdu son empire,
Semblent, comme éclairés d'un céleste sourire :
Dans la foi, dans l'amour doucement s'endormir,
Pour s'éveiller au ciel... Est-ce donc là mourir ? ? ?

19 juillet 1877.

TRISTESSE

Les bois vont revêtir leur plus fraîche parure,
Et les prés s'émailler de fleurs et de verdure.
Le doux printemps en vain s'avance souriant :
Son sourire pour moi n'a plus rien de charmant.

Le deuil est dans mon cœur! douce et belle nature,
Tu ne peux adoucir les peines que j'endure!
Ton printemps est bien beau, je l'aime cependant.
Je ne puis goûter ses charmes : vainement

Il sème sous les pas les lilas et les roses,
Et les gazons fleuris, mille charmantes choses,
Qui pour mon triste cœur, hélas ! n'ont plus d'attraits

Le bonheur est pour nous un hôte de passage :
Il ne s'arrête pas sur notre triste plage ;
En vain, on le rappelle, il ne revient jamais ! ! !

REGRETS

Le souffle de l'automne a jauni le feuillage,
Et je le vois qui vole, emporté par l'orage;
Les fleurs mêmes ont perdu leur éclat, leur parfum.
Souvenez-vous : ce jour appartient aux défunts

Que d'adieux déchirants, et tout baignés de larmes!!!
Mais dans le souvenir il est aussi des charmes;
Ce n'est pas pour toujours : il nous reste l'espoir :
Le jour viendra de l'éternel revoir

Plaise au ciel que pour moi bientôt ce jour arrive!
Oh! déjà je voudrais être sur l'autre rive;
Oh! laissez-moi partir ; ne me retenez plus;

Laissez-moi retrouver tous ceux que j'ai perdus!
Que je voudrais quitter cette triste vallée,
Où l'amour est éteint, où l'âme est isolée!!

A UN VIEIL AMI

Vous parlez aussi bien, ami, que parlerait
Ou Grégoire le Grand ou le grand saint Basile !
Les blessures du cœur quel art les guérirait ?
La critique est aisée et l'art est difficile...

A vos sages avis ma raison se soumet ;
La vîtes-vous jamais insoumise, indocile ?
Daignez donc agréer ce tout petit sonnet.
Que ne sais-je avec art au doux mêler l'utile !

Mais transmettre mon nom aux siècles à venir,
Ce n'est pas, ami, là, ce que j'ambitionne ;
Je lutte et je combats pour une autre couronne.

Je ne suis plus si loin du seuil de l'avenir :
Il me semble déjà voir l'aurore bénie
D'un jour plus beau que ceux de cette triste vie.

LE CHATELAIN

Il avait un château vieux, un peu délabré
Mais qui pour lui devait être un objet sacré :
Ses aïeux l'habitaient dans une honnête aisance;
Et lui-même y coula les jours de son enfance :

Cet antique manoir l'aurait déshonoré :
Il prétendit dormir sous un lambris doré.
Il rechercha le luxe, il voulut l'opulence,
Un château que l'on mît sur la carte de France.

Et maintenant qu'il a son superbe château,
On l'admire et l'on dit : « Mais c'est vraiment beau !!
« C'est charmant !! c'est coquet !! c'est une miniature »

Mais pendant ce temps-là... le triste châtelain
N'a plus qu'à méditer, assiégé par la faim,
Ce qu'on gagne à changer en palais sa masure !!!

VICTOR HUGO

La France t'appela jadis l'enfant sublime!!
Divin poète, alors tu méritas ce nom!!!
Mais, quand du haut ciel il tombe dans l'abîme,
Le chef-d'œuvre de Dieu, l'ange, devint démon!!

Tu blasphêmas le Dieu de tes jeunes années,
Le Dieu qui de là-haut souriait à tes chants,
Et t'avait préparé de belles destinées :
Et ta lyre se fit applaudir des méchants!

Mais Dieu, dans son amour et sa grâce infinie,
T'accorda de longs jours, une douce agonie,
Son céleste envoyé t'apportait le pardon :
Satan le repoussa du seuil de ta maison!!

Et qui donc maintenant veillera sur ta tombe ?
Ah ! ce n'est pas le Dieu qui bénit ton berceau !
La croix, sublime espoir du chrétien qui succombe,
La croix de ses débris a couvert ton tombeau !!

On a chassé pour toi Dieu de son sanctuaire ;
Son autel fut souillé de tes restes flétris :
Du haut du Panthéon la vierge de Nanterre,
Ne peut plus promener ses regards sur Paris !!

LA LIBERTÉ

Ami, vous m'avez lu dans Tacite un passage
Qui de nos temps troublés est la fidèle image :
« Pour saper tout pouvoir et toute autorité,
« Ils proclament bien haut le mot de liberté. »

« Mais aussitôt que rien ne leur fait plus ombrage, »
« O liberté ! c'est toi que bientôt l'on outrage »
C'est chez nous, aujourd'hui, peuple déshérité »
Qu'éclate en tout son jour la triste vérité.

Trop longtemps des menteurs ou des fous t'ont trompée
France, reprends ton nom et ta gloire usurpée.
Sois le soldat du Christ, et passe ton chemin.

Toi, qu'une foi sans tache avait émancipée,
Reviens aux siècles d'or de ta sainte épopée :
Sois, ô France d'hier, la France de demain.

LA BEAUTÉ

Vous voulez qu'on vous aime ? eh bien ! soyez aimable.
Pour cela, la beauté seule ne suffit pas.
La beauté n'est qu'un bien fragile et peu durable :
Ne vous fiez jamais à ses trompeurs appas.

Il est un ennemi pour elle inexorable :
Le temps, qui détruit tout. Les lis et les lilas.
Ne fleurissent qu'un jour : or, un destin semblable
Attend cette beauté dont on fait tant de cas.

Méprisez, belle enfant, ce qui passe si vite.
Il est une beauté que respectent les ans,
Digne de votre amour : seule, elle le mérite

Il faut, pour l'acquérir, de la peine et du temps;
C'est d'un front virginal la plus belle couronne;
Car cette *beauté*, c'est la vertu qui la donne ! !

LA VÉRITÉ

Vous n'êtes pas de ceux, dont la raison bornée,
Affirme qu'au néant notre âme est condamnée,
Un fol orgueil jamais n'a flétri votre cœur :
Partout vous admirez la main du créateur.

Vous combattez l'erreur, et votre âme indignée
S'étonne de la voir hautement enseignée;
Car n'est-ce pas tarir la source du bonheur,
Et préparer à l'homme un souverain malheur?

Sublime vérité, toi, du ciel descendue,
Et sous les traits d'un Dieu parmi nous apparue,
Ne nous retire pas tes célestes rayons ! !

De ton divin soleil, daigne éclairer le monde ! !
Si tu disparaissais, bientôt les nations
Rentreraient pour toujours dans une nuit profonde.

LA CARTE DE VISITE

Êtes-vous, ami, partisan
De cette carte de visite,
Que l'on s'envoie, au jour de l'an ?
D'aucuns voudraient la voir proscrite ;

Quant à moi, j'en juge autrement.
Je ne sais par qui, ni comment
Cette mode fut introduite ;
Mais n'a-t-elle pas son mérite ?

Petite carte, sous son pli,
Souvent apporte un doux message
Et nous tient un charmant langage.

« Tu n'es pas tombé dans l'oubli !!
« Quelqu'un à toi pense et désire
« Que je vienne ici te le dire !!

———

Ce n'est qu'un morceau de carton
Sur lequel est écrit un nom,
Pourra dire un esprit critique,
Voire même un peu satirique.

Décidez cette question,
En ami sage et véridique.
Petite carte avec un nom
Vous offre son humble supplique

Ne l'empêchez pas de venir ;
C'est d'un ami le souvenir,
Ou d'une sœur le doux sourire.

C'est un rayon, c'est une fleur,
Dont le parfum charme le cœur !!!
Tout cela faut-il le prescrire ? ? ?

———

SILENCE D'UN AMI

Très cher ami, votre silence
Ne me dit, hélas ! rien de bon.
Oh ! que de fois à vous je pense,
Et pour vous fais une oraison

Que le bon Dieu, dans sa clémence
Et sa commisération
Mette fin à votre souffrance
Par une prompte guérison.
En attendant, je me console
Chaque jour en vous relisant.

Dans le pays des rêves je m'envole,
Et là, quel songe ravissant !

C'est Raphaël! l'ange, étendant son aile
Sur un autre Tobie, est son gardien fidèle

Ami, de cet ange les traits vous sont connus,
Et vous êtes l'objet de ses soins continus.
Auprès de Dieu pour vous toujours il intercède :
Quand un ange a prié, le bon Dieu toujours cède

AU MÊME

Courage et bon espoir, ô pauvre solitaire,
Près de toi quelqu'un veille avec l'amour d'un père :
Il te garde, il te soigne, il s'intéresse à toi,
Beaucoup plus que toi-même... homme de peu de foi.

Dans son sein paternel jette toutes tes peines.
Sa pitié te sourit, tes douleurs sont les siennes,
Son ange, par son ordre, est devenu le tien.
Sa voix parle à ton cœur, et c'est lui qui réveille
La foi qui, trop souvent, dans ton âme sommeille ;
Il connaît ta faiblesse et sera ton soutien...

L'INFLUENZA

On ne parle, docteur, que de l'influenza,
Elle règne au delà des monts, comme en deçà.
Elle est épidémique et non contagieuse,
Mais elle est dans son allure un peu mystérieuse.

Et l'un en dit ceci, quand l'autre en dit cela.
Lorsqu'on la croit bien loin, tout à coup elle est là.
Elle est bénigne encore, elle est peu dangereuse.
Elle est envahissante, et grande tapageuse ! ! !

Hippocrate naguère, en un songe m'a dit :
Vous le savez, docteur, sa vieille expérience
De tous nos maux divers lui donne la science :

« Tremblez et redoutez le choléra maudit
« L'influenza l'annonce... à moins que la prière
« Du souverain des dieux n'apaise la colère. »

Décembre 1889.

A M. LE DOCTEUR CHARPENTIER

Maître aimable, pour toi notre reconnaissance
Égale tes bontés, égale ta science ;
Pour la rendre immortelle et te la dire mieux,
Nous avons emprunté le langage des dieux.
Notre langue aujourd'hui ne peut rester muette.
Maître, tu nous instruis et tu sais nous charmer,
Tu te fais admirer et tu te fais aimer.
Assister à ton cours est pour nous une fête.
On ne devient savant qu'à force de sueurs ;
Mais, toi, tu sais semer notre chemin de fleurs ;
Ta parole est pour nous cette source limpide
Qui tout à coup jaillit dans le désert aride :
Elle nous rafraîchit, ranime notre ardeur ;
Elle ravit notre âme et charme notre cœur.

Tu nous décris du corps l'admirable structure,
Et c'est le plus bel hymne au dieu de la nature.
Tu descends jusqu'à nous : tes savantes leçons
Ouvrent à nos regards d'immenses horizons :
Où tout n'était d'abord que ténèbres profondes,
Ta science à nos regards fait éclore des mondes.
La raison est ton guide : elle vient t'éclairer
A son flambeau tes pas ne sauraient s'égarer.
Ta science voudrait savoir, savoir encore.
Moins elle t'enrichit et plus elle t'honore.
Qu'un autre se prélasse en son char somptueux !
Ton génie est pour nous un phare lumineux :
Il sera sur les mers toujours notre boussole.
Ton nom environné d'une pure auréole
De bonté, de vertu, de paternel amour,
Survivra dans nos cœurs jusques au dernier jour.

30 juillet 1882.

CE QUE J'AIME

A l'heure où de son souffle à peine le zéphyr.
Ride le clair miroir de la mer azurée,
La terre me déplaît, mon âme rassurée
N'aime plus que la mer et son bleu de saphir

Mais, lorsque la mer gronde et commence à mugir,
Entre-choquant ses flots au souffle de Borée,
Vers la terre soudain mon âme est attirée :
Je n'aime plus la mer, et je voudrais la fuir.

Mes regards sont tournés du côté du rivage,
Des forêts et des bois j'aime le frais ombrage,
La brise qui se joue à travers les rameaux,

Et les buis toujours verts qui tapissent ma route,
Et sous le vieux tilleul le repos que je goûte,
La source qui murmure, et le chant des oiseaux!!!

SILENCE DU ROSSIGNOL

Le rossignol bientôt cessera ses accords.
Eh ! quoi, ne se plaît-il déjà plus sur nos bords?
Dans nos bois, n'est-il plus pour lui de frais ombrage?
Que de charmes encor pour lui sur notre plage!

Le ciel est tout d'azur, les rosiers vont fleurir,
Et les fleurs ne sont pas prêtes à se flétrir.
Il est un doux abri pour lui sous la charmille :
Oui, mais il a *son* nid; il est à sa famille!

A UN ORPHELIN

Sur le lis du vallon, Dieu répand sa rosée,
Il relève la fleur par l'orage brisée;
Il protège le nid, que le petit oiseau
Suspend chaque printemps au fragile roseau.

Toi, qu'il aime et chérit plus que n'aime une mère,
T'abandonnerait-il? Oh! non, sois sans effroi,
Ton bon père te dit du haut du ciel : espère,
L'ange de Dieu toujours, toujours veille sur toi!

FLEUR DE SOUVENIR

Il est une petite fleur
Qui guérit les maux de l'absence,
Et charme les regrets du cœur ;
Car, c'est là qu'elle prend naissance,
Et c'est là qu'elle aime à fleurir :
Nos cœurs te resteront fidèles,
Fleur charmante, car tu t'appelles :
Petite fleur du souvenir.

NOEL

———

Vers le Dieu de la crêche, ô France, viens encor!
A ses pieds proternée, espère, crois et prie;
Offre-lui, sans compter, tes pleurs, ton sang, ton or!
Des héros et des saints redevient la patrie.

MON CLOCHER

Ce n'est point un clocher de vieille basilique.
Où la pierre en festons légers s'épanouit,
Une flèche orgueilleuse en sa hauteur magique,
Comme un dard aimanté, s'élançant au zénith.

Car, à peine au-dessus de l'église rustique,
Mon clocher lève-t-il un front tout décrépit,
Qu'on distingue au milieu des masures de briques,
Au bonnet ardoisé, qui coiffe son granit.

Je l'aime ainsi pourtant : la fameuse coupole,
Du nom de Michel-Ange éclatante auréole,
S'effacerait plutôt de mon ressouvenir !

C'est qu'à son ombre, hélas ! dans la nuit éternelle
Dorment *ceux* que j'aimais… à leurs cendres fidèle,
C'est qu'à son ombre aussi, je veux aller dormir.

PRIX DE LA SOUFFRANCE

Pourquoi me souhaiter une si longue vie?
Est-ce un si beau séjour que celui d'ici-bas ?
Le plus grand des bonheurs serait de n'être pas!
On l'a dit, mais ce vœu pour nous serait impie...

L'enfant mort au berceau pourtant me fait envie!!!
Celui que sur ton luth, poëte, tu chantas!!!
Sur l'aile de ton ange, enfant, tu t'envolas
Tout droit vers l'éternelle et céleste patrie!!!

Pour nous, nous demeurons; pour nous, il faut souffrir
Souffrir encor, toujours souffrir; mais la souffrance
Doit nous ouvrir le ciel! pour nous, il faut mourir.

Jésus pour nous est mort! De gloire un poids immense
Nous attend, et sera le prix de nos douleurs;
Dieu même de sa main doit essuyer nos pleurs!!!

LE NUAGE

Qu'il est désespérant et triste ton langage !
N'est-il plus dans ta coupe une goutte de miel
O poète, dis-moi, n'est-il plus dans ton ciel
    Plus de brillant nuage ?

Comme toi, j'ai connu du printemps de notre âge
Les rêves enchanteurs et les illusions ;
Mon espoir embrassait d'immenses horizons
    Et des cieux sans nuage.

Mais ces rêves si beaux, ces brillantes images,
Je les ai vus bientôt, trop tôt s'évanouir ;
Ainsi que toi, j'ai vu l'illusion s'enfuir
    Sur de brillants nuages.

Le souffle des autans a flétri le feuillage,
Qui, près du tien, ami, protégea mon berceau :
Pour nous a commencé le culte du tombeau
        Au printemps de notre âge.

Si du moins j'avais pu te sauver de l'orage,
Te conserver encor, douce et charmante fleur,
Toi, qui vins réjouir et consoler mon cœur,
        Comme un brillant nuage.

Avec toi, j'espérais achever mon voyage;
Mais je te vis soudain t'incliner et mourir.
O douleur! et je vis mon beau ciel se couvrir
        D'un lugubre nuage.

Mais, à travers les pleurs qui baignent mon visage,
Élevant mes regards bien haut sur l'horizon,
J'aperçus tout à coup un céleste rayon,
        Qui perçait le nuage.

Et mon âme entendit, comme un divin langage
« Ce qui venait du ciel, au ciel est retourné;
« A s'y revoir un jour n'est-on pas destiné
        « Dans un ciel sans nuage ? »

Et je sentis alors renaître mon courage;
Surmontant la douleur par un sublime effort,
Je vis l'espoir briller à l'ombre de la mort
        A travers le nuage.

Ami, nous naviguons vers l'éternel rivage;
Que celui dont l'esquif touchera l'heureux bord
Allume son fanal pour guider l'autre au port,
        Au milieu de l'orage.

TOUT NOUS QUITTE

Tout nous quitte, ta providence
Ne nous quitte pas, ô mon Dieu!
Elle est notre unique espérance,
Lorsque tout nous a dit adieu!

En toi, grand Dieu! tout est mystère :
Qui peut pénétrer tes desseins?
Mais les pécheurs couvrent la terre
Où donc se cacheront les saints?

Charité! vertu tout aimable,
Ils se cacheront dans ton cœur
Dans ton cœur, source intarissable
De paix, et d'intime bonheur.

TABLE

Paris. — Charles UNSINGER, imprimeur, 83, rue du Bac.